A Bruce, Billy, Pamela, Mary Anne et Parker. *R.K.*
A Juan. *J.A.* et *A.D.*

Traduit de l'américain par Isabelle Reinharez
© 1987, l'école des loisirs, Paris, pour l'édition en langue française
© 1986, Robert Kraus pour le texte
© 1986, José Aruego et Ariane Dewey pour les illustrations
Titre original : « Where are you going, Little Mouse ? »
(Greenwillow Books, New York)
Loi numéro 49.956 du 16 juillet 1949
sur les publications destinées à la jeunesse : septembre 1988
Dépôt légal : septembre 1988
Imprimé en France par Aubin Imprimeurs Poitiers-Ligugé

Où vas-tu, Petite Souris?

Une histoire de Robert Kraus
illustrée par José Aruego et Ariane Dewey

lutin poche de l'école des loisirs
11, rue de Sèvres, Paris 6ᵉ

Où vas-tu, Petite Souris?

Le plus loin possible de chez moi.

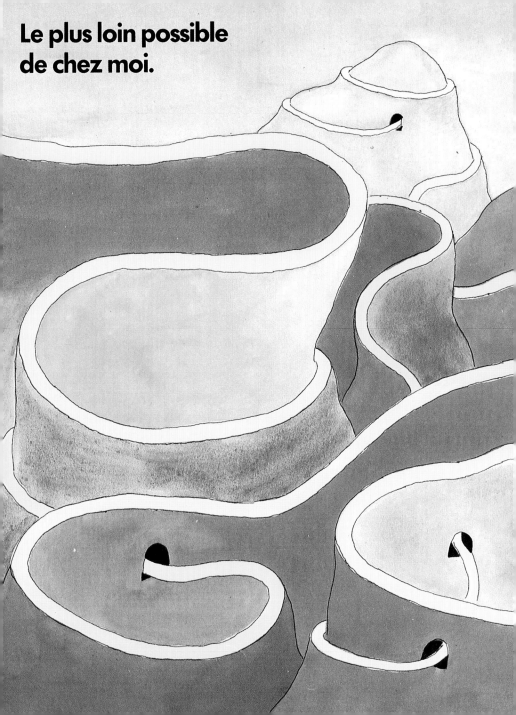

Et ta mère ? Et ton père ?

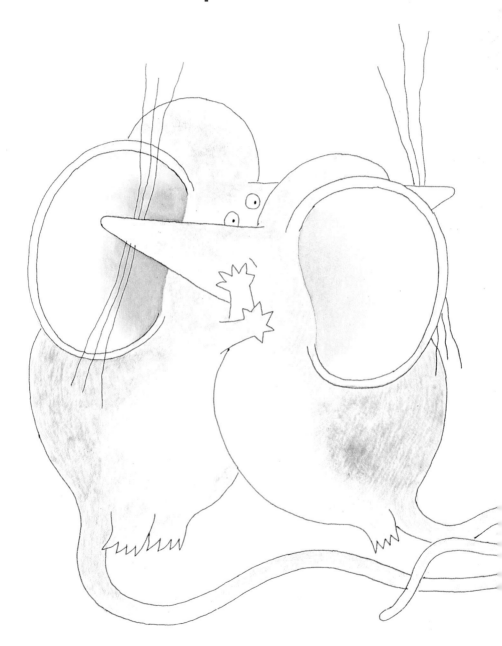

Ils ne m'aiment pas.
Je ne leur manquerai pas.

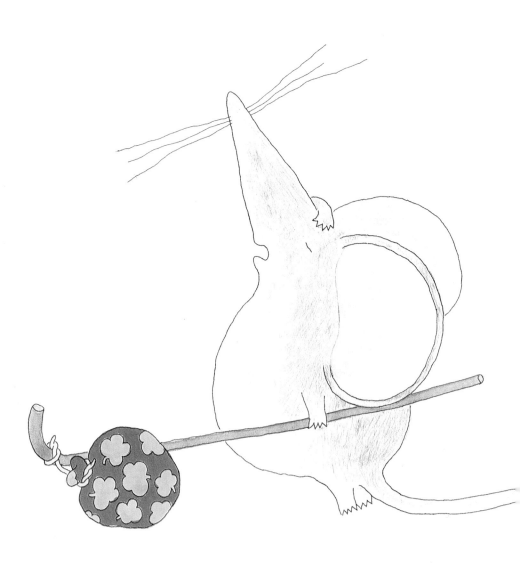

Je trouverai un nouveau père qui jouera avec moi.

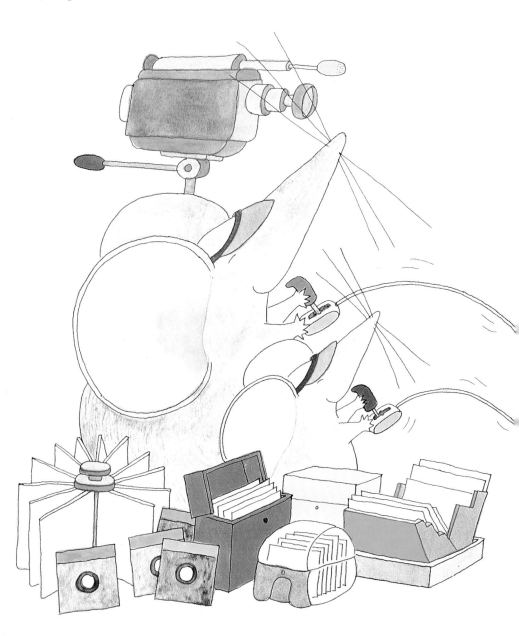

**Je trouverai une nouvelle mère
qui restera avec moi.**

Je trouverai un nouveau frère qui ne sera pas méchant.

Je trouverai une nouvelle sœur.

Je cherche toujours...
Ma mère me manque.

L'as-tu trouvée ?

J'explore...
Mon père me manque.

**Je poursuis mes recherches...
Ma sœur me manque.**

**J'essaie toujours...
Mon frère
me manque.**

Téléphoner.

Maman, Papa,
ne vous inquiétez pas.
Venez me chercher.
Vite, vite.

**Mais ils m'embrassent
et me serrent contre eux.
Je peux dire qu'ils m'aiment pour de vrai.
Et je les aime, moi aussi.**